ResumenExpress.com

Pensamientos

de Blaise Pascal

GUÍA DE LECTURA

Escrita por Natacha Cerf
Traducida por Juan Lopez

Pensamientos

de Blaise Pascal

Entiende fácilmente la literatura con

ResumenExpress.com

www.ResumenExpress.com

BLAISE PASCAL

Científico, moralista, filósofo y teólogo francés

- Nació en 1623, en Clairmont.

- Falleció en 1662, en París.

- Algunas de sus obras son:

    - *Cartas provinciales* (1656-1657)

    - *El arte de la persuasión* (1660)

    - *Pensamientos* (1670)

Blaise Pascal fue un hombre de letras, científico y teólogo. Desde muy joven se distinguió por su extraordinaria inteligencia. Siendo adolescente, escribió un tratado sobre los sonidos, un ensayo sobre las cónicas y, a los diecinueve años, inventó la máquina de calcular. En 1654, Pascal sufre un accidente de carruaje que le hace tomar conciencia de la fragilidad de la vida. Este incidente marcó el inicio de sus preocupaciones religiosas. Sus ideales cristianos le hicieron abandonar la ciencia para dedicarse a la reflexión filosófica y religiosa. Escribió *Cartas provinciales*, dieciocho cartas en defensa de las tesis jansenistas.

Blaise Pascal influyó enormemente en el método científico, las teorías económicas y las ciencias sociales. Murió a causa de una enfermedad, sin haber visto publicado su obra *Pensamientos*.

PENSAMIENTOS

La obra de un moralista y un teólogo

- **Género:** Ensayo

- **Edición de referencia:** *Pensées*, París, Éditions France Loisirs, colección « Les grands écrivains choisis par l'Académie Goncourt », 1986.

- **1re edición:** 1670

- **Temas:** Cristianismo, felicidad, política, humanidad, justicia

Obra póstuma de Pascal publicada en 1670, *Pensamientos* responde al deseo de demostrar que el hombre sólo puede encontrar la paz interior y la verdadera felicidad aceptando ser tocado por la gracia de Dios. El hombre sin Dios es miserable y finito, mientras que Dios es todopoderoso e infinito.

La política, el hombre y el bien soberano son los grandes temas abordados por el filósofo-teólogo en su obra. Los ecos de Pascal en la modernidad son numerosos y la actualidad de sus reflexiones permanente.

RESUMEN

SECCIÓN 1 – REFLEXIONES SOBRE LA MENTE Y EL ESTILO

En el espíritu de la geometría, los principios son principios conocidos sobre los que sólo se puede razonar bien. Los principios no son fáciles de manejar y se sienten más de lo que se ven. Es difícil hacerles sentir a quienes no los sienten por sí mismos. Su objeto no puede ser captado por un razonamiento progresivo, sino sólo en su totalidad. El espíritu de la delicadeza se ocupa de las cosas relacionadas con los sentimientos, el espíritu de la geometría de las cosas del razonamiento.

SECCIÓN 2 – LA MISERIA DEL HOMBRE SIN DIOS

Los hombres han tratado de comprender los principios de las cosas hasta el punto de conocer el todo con infinito orgullo, pero un hombre no es nada en el infinito y no puede comprender los principios de las cosas en su totalidad. Se encuentra entre la nada y el todo, y debe reconocer su alcance limitado. La nada y la totalidad sólo se encuentran en Dios, omnipotencia y sede de la realidad de todas las cosas:

Las viejas impresiones, los encantos de la novedad, las apariencias, los sentimientos y nuestro propio interés son causas de malos juicios. La razón domina todo ello, hasta el punto de disponer de todo: la justicia, la felicidad y el mundo entero. Por lo tanto, el hombre no es más que disfraz, mentira e hipocresía, tanto en sí mismo como con respecto a los demás. No quiere que le digan la verdad, evita decírsela a los demás; y todas estas disposiciones, tan alejadas de la justicia y de la razón, tienen una raíz natural en su corazón (p. 59).

La condición humana consiste en la inconstancia, la ansiedad y el aburrimiento. Es una condición infeliz de la que el hombre trata vanamente de escapar a través de entretenimientos como el juego, la guerra, las mujeres, etc. La muerte, la miseria y la ignorancia se ignoran porque son incurables y hacen que uno sea infeliz. El entretenimiento es lo único que nos consuela de nuestras miserias.

SECCIÓN 3 – LA NECESIDAD DE APOSTAR

Dios pone la religión en la mente por la razón y en el corazón por la gracia. Es infinitamente incomprensible porque no tiene relación con nosotros, seres limitados. Somos incapaces de saber si es o qué es porque nos separa un caos infinito.

Sólo podemos conocer a Dios mediante la sumisión de la razón. La fe es una cuestión del corazón y no de la ciencia. Es necesario y nos permite alejarnos de los placeres rancios para abrazar la honestidad, la fidelidad, la humildad y la sinceridad.

SECCIÓN 4 – MEDIOS DE CONVICCIÓN

Tenemos que someternos ostensiblemente a Dios y esperarlo por fuera para que nos visite por dentro. Somete nuestra alma de forma natural, sin arte ni argumento. Todo razonamiento se reduce a ceder al sentimiento; como la religión es misteriosa y sobrenatural, no puede someterse a la razón. La imposibilidad de demostrar la existencia de Dios mediante la razón no prueba otra cosa que la debilidad de nuestra razón. Los primeros principios se sienten y salen del corazón; los hombres que tienen la disposición de la religión en sus corazones no necesitan más para entender que deben amar a Dios y odiarse sólo a sí mismos. Dios mismo se inclina a creer; no se necesita más para ser persuadido.

SECCIÓN 5 – LA JUSTICIA Y LAS RAZONES DE LOS EFECTOS

La justicia debe ser la misma para todos los estados del mundo y en todos los tiempos, ya que no está en las costumbres sino en las leyes naturales. Pero todo cambia con el tiempo, y según la buena voluntad de reyes y dictadores. Los poderes se establecen según los caprichos del momento; por lo tanto, no hay constancia en el derecho y la justicia. Por consiguiente, la gente toma la antigüedad de las costumbres como prueba de su verdad, lo que explica la falsedad de sus opiniones. Las acciones del hombre se rigen por la debilidad, la concupiscencia y las relaciones de poder.

SECCIÓN 6 – FILÓSOFOS

El pensamiento es grande por su naturaleza, pero bajo por sus defectos. El pensamiento es fácilmente manipulable, siempre se puede demostrar todo y su contrario. El hombre sin Dios está, pues, en la ignorancia de todo y en la infelicidad inevitable, porque no puede estar seguro de ninguna verdad, aunque le gustaría estarlo.

El hombre debe conocer tanto su bajeza como su grandeza y nunca una sin la otra. La búsqueda del verdadero bien es inútil, sólo hay que llegar al liberador.

SECCIÓN 7 – MORAL Y DOCTRINA

Dios es el verdadero bien. Quiso darse a conocer perfectamente a los que le buscan sinceramente y ocultarse a los que le rehúyen cordialmente.

La verdadera naturaleza del hombre, su verdadero bien, la verdadera virtud y la verdadera religión no pueden conocerse por separado. Sólo Dios da la sabiduría.

La religión nos enseña que la conexión entre el hombre y Dios fue rota por un hombre mediante el pecado original, y luego restaurada por Cristo. Cristo es el mediador que hace posible la comunicación con Dios. Las profecías son una prueba sólida de la existencia de Jesucristo.

Las Escrituras, el pecado original y Cristo prueban absolutamente a Dios, la doctrina y la moral. Cristo nos hace conocer nuestra miseria porque es el reparador de esta miseria. Ahora sólo conocemos bien a Dios conociendo nuestras iniquidades. Por tanto, sin la Escritura, que sólo tiene por objeto a Jesús, no conocemos nada, ni siquiera a nosotros mismos.

SECCIÓN 8 – LOS FUNDAMENTOS DE LA RELIGIÓN CRISTIANA

Debemos conocer a Dios y nuestra miseria, no uno sin el otro. Los hombres son a la vez indignos de Dios por su corrupción y capaces de Dios por su primera naturaleza. Somos miserables y separados de Dios, pero redimidos por Jesucristo. La verdad de la religión se reconoce en la oscuridad misma de la religión. Dios está en parte oculto y en parte descubierto, y esto es útil. Por un lado, el hombre siente su corrupción con la oscuridad ,y, por otra, el hombre espera un remedio con la luz.

ILUMINACIÓN

NACIMIENTO DE LA FE

En la familia de Pascal, todos eran creyentes, con una fe sincera pero tibia. No fue hasta 1646 cuando Pascal experimentó "su primera conversión", cuando los hermanos Deschamps, llamados a la cabecera de su padre por su pierna dislocada, transmitieron a la familia la ideología agustiniana. Su hermana Jacqueline ingresó en 1652 a la comunidad religiosa de Port-Royal, que aplicaba el pensamiento de San Agustín en su versión más severa e intransigente. Los clérigos, teólogos, eruditos y laicos que vivían en el convento llevaban una vida extremadamente sencilla y austera.

La "segunda conversión" de Pascal se produjo una noche de 1654, tras un coma provocado por un accidente de carruaje. Cuando despierta, el erudito describe una experiencia mística. Pascal proclamó apasionadamente su nueva fe y se consagró a la religión para siempre. Fue a Port-Royal durante un tiempo y abrazó su causa, aunque nunca fue oficialmente miembro de la comunidad. Fue entonces cuando comenzó a trabajar en su gran proyecto *Apología de la religión cristiana*.

NACIMIENTO DE UNA OBRA

Pascal nunca escribió un libro titulado *Pensamientos*. Los editores presentaron los borradores dispersos dejados por el autor como una obra completa, que se compone en gran parte de los documentos preparatorios de la *Apología de la religión cristiana*. Esta nueva obra construida sobre las ruinas de la *Apología* es tan suya como de Pascal. Según los editores, el propio teólogo anunció una presentación deliberadamente discontinua en forma de colección de máximas (unidades segmentadas). Sin embargo, no es imposible que este anuncio sea realmente el de los editores.

Pascal garabateaba apresuradamente sus ideas en hojas de papel para escapar de la fugacidad de sus pensamientos. *Pensamientos*, es pues, un testimonio de la urgencia de la escritura, un síntoma del drama humano del horrible paso del tiempo y de las cosas. Este recurso al "bloc de notas" explica el carácter telegráfico de la obra. Sigue siendo sólo un esbozo, una promesa de discurso.

Cuando el escritor murió, sus familiares descubrieron unos archivos llenos de páginas cosidas con hilo. Se pudieron identificar temas a partir de ellos, pero no fue posible concluir cuáles eran las partes reales de un plan previsto. Tal vez se trataba de un método personal de archivo. En un principio, el entorno de Pascal decidió copiar los legajos de forma idéntica, pero en un siglo en el que el desdén por las formas inconexas era la norma, el texto era impublicable tal cual. Por ello, en 1670 se decidió realizar una edición selectiva y corregida: la edición de Port-Royal. Esta versión demasiado refinada retraía la sintaxis tan personal del escritor, su audacia, así como ciertos pasajes clave de su argumentación.

En el siglo XIX, se reclamó una edición finalmente completa de *Pensamientos*. No obstante, aunque exhaustivas, las ediciones modernas siguen siendo interpretaciones personales de los editores sobre la reconstitución del orden de los fragmentos. *Pensamientos* son una obra incierta, cambiante y maleable, que sólo puede moldearse según el molde de sus intérpretes.

AUGUSTINISMO

La influencia de San Agustín -filósofo y teólogo cristiano nacido en 354 y fallecido en 430- en la obra de Pascal es grande. Pascal tomó del obispo una parte sustancial de su oscura y trágica concepción de la religión. Comparte la idea de que el pecado original es la raíz de la corrupción irreversible de la raza humana. El hombre es una marioneta manipulada por tres tipos de concupiscencia: la curiosidad, el orgullo y la lujuria. Frente a estas tentaciones, la moral agustiniana preconiza la sola preocupación por Dios frente a las vanidades de la ciencia, la profunda humildad frente a la aspiración al poder y la abstinencia absoluta como remedio a las tentaciones de la carne. La verdadera certeza se encuentra en la fe, no en la razón. Pascal no dice lo contrario. Defiende un cristianismo fundido en el terror y la restricción que asegura la salvación sólo a unos pocos individuos, elegidos por sorteo de la gracia divina. La predestinación del hombre es trágica; en efecto, haga lo que haga, no tiene ningún control sobre su futuro.

CLAVES DE LECTURA

UNA OBRA TEOLÓGICA

Pensamientos da testimonio del sistema de creencias del siglo XVII. En aquella época, la religión ejercía un enorme control sobre las mentes, imponía sus leyes en todas partes y guiaba el pensamiento. Las autoridades eclesiásticas controlaban las obras publicadas, regulaban la censura, y los herejes eran quemados en nombre del pensamiento único. Se trata de un cristianismo mucho más oscuro que el actual, en el que el temor a Dios ocupa un lugar central. Por consiguiente, se impone una lectura rigurosamente histórica de *Pensamientos*. El lector debe evitar el escollo de los anacronismos para no sentirse ofendido por las palabras de Pascal y no perderse la grandeza de la obra.

La figura de Dios

De las Escrituras, Pascal retiene al Dios grande, poderoso y terrible. Es un ser universal capaz de perderte en cualquier momento. Es a la vez amenaza de castigo y consuelo. En otras palabras, Dios es tanto la dulzura, el amor y la caridad, como la venganza y el terror. Está oculto a los ojos de la razón o del alma, pero no del todo, pues se deja entrever sin aparecer del todo. Esta ocultación parcial de Dios separa a los hombres en la élite y la masa ciega. Los que lo buscan sinceramente lo encuentran, pero permanece oculto para los que no lo buscan. Por tanto, desear a Dios es ya poseerlo.

El pecado original

Pascal ofrece una visión trágica del cristianismo según la cual el hombre es irremediablemente infeliz porque sabe que fue feliz y ya no lo es. La caída impone sufrimiento y penitencia a la humanidad, y los cristianos deben pagar indefinidamente por un crimen que no cometieron, según una justicia divina cuyo principio escapa a la razón. La condición humana es miserable porque el hombre vive con el recuerdo de la felicidad perdida; éste es el más cruel de los tormentos. La primera naturaleza del hombre se ha perdido irrevocablemente y la falta de felicidad es imposible de llenar. La obra está marcada por un sentimiento de angustia y estrechez ligado a la condición mortal del hombre, que acerca *Pensamientos* al género trágico.

Cristo

Pascal reduce la doctrina cristiana a dos poderes iguales y opuestos: la corrupción de la naturaleza y la redención de Jesucristo. Cristo une en sí la naturaleza humana y la divina para reconciliar a los hombres con Dios en su naturaleza divina. Él encarna la redención. De este modo, Cristo enseña una doble lección: hay un Dios del que los hombres son dignos y un Dios del que los hombres son indignos a causa de la corrupción de la naturaleza. Jesús es el reparador, redentor y liberador, que repara el pecado original y abre el camino de la salvación. Cristo es también un intermediario. La comunicación entre lo finito y lo infinito es imposible sin un mediador; es él quien hace posible la reunificación entre Dios y el hombre. Cristo ocupa un lugar absolutamente central; sin él, no conoceríamos ni la vida ni la muerte, ni a Dios ni a nosotros mismos.

La necesidad de fe

Pascal no pretende transmitir la fe, ya que no se puede transmitir mediante el razonamiento, sino demostrar su necesidad. La fe es un don de Dios. Excede y contradice la razón. La creencia es el abandono de la razón en favor de una verdad superior que a veces choca con ella. Pero si Pascal no intenta transmitir la fe, recomienda sin embargo una moral y un modo de vida coherentes con la vida de un cristiano. Incluso el hombre que no es visitado por la gracia de Dios, puede prepararse interiormente para convertirse en cristiano viviendo exteriormente como tal. Dios podría en este caso conceder su gracia *in fine*. Sin embargo, como agustino, el pensador afirma que no todos los hombres se salvarán.

GRANDEZA Y MISERIA DEL HOMBRE

El argumento esencial de la obra es el de las contrariedades, es decir, las contradicciones internas del hombre, quien está a la vez lleno de grandeza y de miseria. Pascal considera que el cristianismo es el único sistema filosófico que expresa estos dos aspectos contradictorios de forma global, porque es la doctrina que da cuenta de todo. Antes de la caída, el hombre estaba cerca de Dios y era dignificado por él, que lo situaba en el centro de la creación. Es el recuerdo de esta dicha, que se ha perdido para siempre, lo que hace grande al hombre. La miseria del hombre, en cambio, es el resultado del pecado original, que lo condena a un tormento permanente.

Conciliación de las molestias

La verdad completa está hecha de la unión de dos opuestos, pues, el hombre es a la vez grandeza y miseria. Pascal cuestionó el principio de no contradicción, según el cual una proposición no puede ser a la vez verdadera y falsa. El error está en la incompletitud y no en la falsedad de una de las dos proposiciones. Pascal denuncia el estoicismo de Epicteto, que sólo ve la grandeza del hombre, y el escepticismo de Montaigne, que sólo ve su miseria. "De estas luces imperfectas resulta, pues, que uno, conociendo los deberes del hombre e ignorando su impotencia, se pierde en la presunción, y que el otro, conociendo la impotencia y no el deber, cae en la cobardía." (*Entrevista con M. de Sacy*, 1655). El cristianismo supera las filosofías unificando las tesis opuestas. Las verdades incompatibles de las doctrinas humanas se unen por la verdad del Evangelio. Además, el hombre no está en el medio, sino simultáneamente muy arriba y muy abajo. La moral cristiana es una corrección permanente que rebaja a los hombres orgullosos y eleva a los humildes.

El pensamiento

Es a través del pensamiento como el hombre se eleva por encima del reino animal. El pensamiento hace grande al hombre. El hombre es cuerpo y mente, pero la mente supera infinitamente al cuerpo. Existe un contraste absoluto entre la debilidad del cuerpo y el poder de la mente. Ontológicamente, el espíritu es superior a todo el universo material. El espíritu es infinitamente más grande que todo el universo. Es en esto en lo que el hombre es profundamente insignificante y supremamente digno. Pero si el pensamiento señala la grandeza del hombre, es también el drama esencial que permite darse cuenta de la amplitud de su angustia. El hombre es miserable, pero grande en ser consciente de ello. Por lo tanto, la principal marca de la grandeza y el pensamiento, sigue siendo la miseria.

Entretenimiento

El entretenimiento es la pobre respuesta al deseo de escapar de la miseria y confirma la condición infeliz del hombre, ya que, si éste fuera feliz, no necesitaría desviar sus pensamientos mediante el entretenimiento. Sin entretenimiento, el hombre se hunde en el aburrimiento y luego en la desesperación absoluta. Esta ridícula solución sólo enmascara el problema sin resolverlo nunca, y la mayoría de las veces arroja al hombre a la indignidad. El juego y los placeres corporales son indignos de la grandeza de su pensamiento. Además, es intrínsecamente ineficaz, ya que carece de finalidad extrínseca. La diversión pascaliana es comparable a la represión freudiana. Ambos son intentos de olvidar pensamientos dolorosos que acaban inevitablemente en fracaso, ya que, las ideas perturbadoras siempre vuelven, trayendo consigo muchos tormentos. Pascal quiere denunciar la forma de ceguera que es el entretenimiento. Aparte de Dios, no hay escapatoria de la angustia del vacío. La proliferación del hacer nunca compensará la falta de ser.

Los poderes engañosos y la concupiscencia

Los poderes engañosos son todo aquello que puede llevarnos al error y son un obstáculo para la verdad. Entre ellos, distinguimos los siguientes:

- La imaginación, la parte irreductible de irracionalidad que el hombre lleva dentro, que domina al sujeto y suspende sus sentidos. Por ello, el hombre ya no domina su propia vida interior. Pascal pretende dar al hombre una visión más sana de la realidad;

- interés o autoestima;

- a medida. El hombre toma inconscientemente la convención local por la universalidad. Hábitos de pensamiento, ideologías y tradiciones son las costumbres de las que hablaba Pascal y que hoy llamaríamos cultura, por oposición a naturaleza. Es la fuente de la mayor parte de nuestras convicciones y certezas, la mayoría de las cuales no están arraigadas en la razón. Las costumbres son una prueba más contundente de la razón que la experiencia. Pascal constató la extrema relatividad de las leyes, que varían de un lugar a otro y cambian según los tiempos, pues cada cual sigue las costumbres de su país y de su época. La observación de verdades tan friables impone la búsqueda de una verdad estable y universal.

La concupiscencia, por su parte, es un obstáculo moral que tiene tres aspectos: el orgullo, la curiosidad y la concupiscencia de la carne.

La fugacidad

Se refiere al gran tema filosófico y literario de la vanidad de todas las cosas. La naturaleza misma de la condición humana, consecuencia de la caída, es lo efímero. Esta transitoriedad de las cosas se opone a la inmovilidad y eternidad divinas. El hombre no es más que inconstancia e incoherencia.

EL RAZONAMIENTO

La obra es una larga argumentación totalmente retórica. Pascal sabe utilizar los medios adecuados para persuadir a sus lectores. El autor concede gran importancia a la disposición de las palabras y al plan, y reivindica un estilo sencillo y natural frente a la brillantez de la elocuencia. El escritor despliega varias formas de razonamiento:

- Razonamiento inductivo: Razonamiento que consiste en partir de un caso particular para deducir una ley general. Ejemplo: "Quien desee conocer en toda su extensión la vanidad del hombre, no tiene más que considerar las causas y los efectos del amor. [...] La nariz de Cleopatra, si hubiera sido más corta, habría cambiado toda la faz de la tierra (pp. 82-83). Pascal deduce aquí del encanto individual de Cleopatra los trastornos universales que puede provocar el amor.

- Razonamiento analógico: Razonamiento por asociación de ideas. A partir de ciertas similitudes visibles entre dos situaciones, se llega a la conclusión de que existen otras similitudes menos evidentes. Ejemplo: "Que no se diga que no he dicho nada nuevo, la disposición de los materiales es nueva. Cuando jugamos a la palma, es la misma pelota la que jugamos los dos, pero uno la coloca mejor" (p. 20).

- Razonamiento deductivo: El razonamiento deductivo parte de una idea general, un principio, una ley, para extraer una consecuencia particular. Por ejemplo, Pascal dice, grosso modo, que una prueba cuya negación constituye un pecado es indubitable; ahora bien, los contemporáneos de Cristo que impugnaron los milagros eran pecadores; por tanto, los milagros constituyen una prueba indubitable.

- Razonamiento à fortiori: Razonamiento mediante el cual se demuestra que una verdad conduce a otra, apoyándose en argumentos más poderosos. Una ley que se verifica en un primer caso, a primera vista, poco favorable. Se verificará tanto más en otros casos más favorables. "Si las cosas naturales superan [a la razón], ¿qué se dirá de las sobrenaturales?" (p. 127).

- Razonamiento por el absurdo: La validez de una hipótesis dada se demuestra por el absurdo de la hipótesis contraria. Ejemplo: "Si nuestra condición fuera verdaderamente feliz, no deberíamos entretenernos pensando en ella".

- Razonamiento matemático: Argumentación en forma de prueba científica absoluta y definitivamente indiscutible. Es un razonamiento que pretende ser imparable: "Si hubiera un número infinito de oportunidades, de las cuales sólo una sería para ti, seguirías teniendo razón al apostar una para tener dos [...]; pero aquí hay un número infinito de vidas infinitamente felices que ganar, una oportunidad de ganancia frente a un número finito de oportunidades de pérdida, y lo que estás apostando es finito."

PARA REFLEXIONAR

ALGUNAS PREGUNTAS PARA PROFUNDIZAR EN SU REFLEXIÓN...

- Para los profesionales del libro, la obra de Pascal es un quebradero de cabeza a la hora de clasificarla. ¿Cómo se explica esto?

- ¿Qué relación puede establecerse entre la teoría freudiana de la represión y las reflexiones de Pascal sobre la insoportable idea de nuestra muerte?

- Jean Mesnard considera a Pascal un precursor del existencialismo contemporáneo. ¿Está de acuerdo con él?

- ¿Qué diferencia hay entre el hastío pascaliano y el sentido del absurdo de Camus?

- *Un rey sin entretenimiento* contiene citas de Pascal. ¿Se parece la visión del mundo de Jean Giono a la de Pascal?

- ¿Cuál es la influencia de San Agustín en *Pensamientos* de Pascal?

- Pascal se divide entre agustinismo y jansenismo. Explícate.

- Identifica algunas aporías (contradicciones irresolubles) en el argumento de Pascal.

- ¿Cuál es la relación de Pascal con el escepticismo (doctrina filosófica según la cual el hombre no puede alcanzar el conocimiento de la verdad)?

PARA IR MÁS LEJOS

EDICIÓN DE REFERENCIA

PASCAL B., *Pensées*, Éditions France Loisirs, coll. « Les grands écrivains choisis par l'Académie Goncourt », 1986.

ESTUDIO DE BASE

TOURRETTE É., Pensées. *Grandeur et misère de l'homme*, París, Éditions Bréal, serie « Connaissance d'une œuvre », 2008.

¡Su opinión nos interesa!
¡Deje un comentario en la pagina web de su librería en línea,
y comparta sus favoritos en las redes sociales!

Muchas más guías para descubrir tu pasión por la literatura

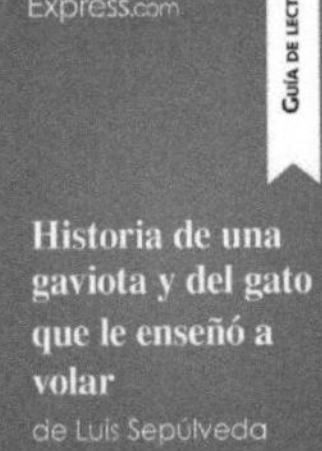

www.ResumenExpress.com

ISBN ebook: 9782808687263
ISBN papel: 9782808698665
Depósito legal: D/2023/12603/1146

Cubierta: © Primento
Libro realizado por Primento, el socio digital de los editores